— For my dear friends, with love. Special thanks also to Manli Peng and Kate Wilson whose help and encouragement was greatly appreciated. W.M.

— To Susan Hou, for all her help. R.K.

Published in the United States of America by
Pan Asian Publications (USA) Inc.
29564 Union City Blvd., Union City, CA 94587

Tel. (510) 475-1185 Fax (510) 475-1489

ISBN 1-57227-044-6
Library of Congress Catalog Card Number: 97-80551

Editorial and production assistance: William Mersereau, Art & Publishing Consultants

Printed in Hong Kong

Adventures of Monkey King 1

Las Aventuras del Rey Mono 1

THE MAKING *of* MONKEY KING

El Surgimiento del Rey Mono

Retold by Robert Kraus and Debby Chen
Illustrated by Wenhai Ma
Spanish translation by Paulina Kobylinski

English / Spanish

Pan Asian Publications

Long, long ago, in the far eastern land of Ao-lai was a great sea. And out of this swirling sea rose Flower Fruit Mountain. At the top of this mountain lay a giant mysterious rock.

Hace mucho tiempo, cerca de la lejana tierra oriental de Ao-lai se extendía un mar inmenso. De este mar de remolinos se levantaba la Montaña de la Flor con Fruto. En la cima de esta montaña yacía una gigantesca y misteriosa roca.

For millions of years, the rock had soaked up the light from the sun and moon until one day, it burst right open! And out jumped a small stone monkey! The very first thing he did was bow to the four directions — east, south, west and north. As he did so, two golden beams shot from his eyes and pierced the sky, startling the Jade Emperor living in Heavenly Palace.

Durante millones de años, esa roca fue tragándose la luz del sol y de la luna, hasta que un día, ¡estalló! Y de ella saltó ¡un monito de piedra! Lo primero que hizo fue hacer una reverencia hacia los cuatro puntos de la Tierra: este, sur, oeste y norte. Mientras lo hacía, dos rayos de oro salieron de sus ojos e hicieron un agujero en el cielo, sorprendiendo al Emperador Jade quien vivía ahí en su Palacio Celestial.

The Emperor quickly called his two captains, Thousand Mile Eye and Fair Wind Ear, to investigate. They threw open the South Gate of Heaven, spotted the stone monkey, and quickly reported back to the Jade Emperor who merely nodded, saying, "Since all creatures on earth are magical, this stone monkey should really be no surprise to us."

Inmediatamente, el Emperador llamó a sus dos capitanes, Ojo de Milenio y Oreja de Viento para que investigaran. Éstos abrieron por completo la Puerta del Sur del Cielo, donde vieron al mono de piedra. Rápidamente se lo reportaron al Emperador Jade quien dijo simplemente, "Ya que las criaturas de la tierra son mágicas, este mono de piedra no debería causarnos ninguna sorpresa."

The stone monkey soon joined the other monkeys who lived on the mountain. Together they spent many joyful days frolicking among wild flowers and feasting on fruit. One hot day, the monkeys went to bathe in a cool, rushing stream. Restless and curious as ever, they all decided to find out where the stream began.

El mono de piedra pronto se reunió con los otros monos que vivían en la montaña. Juntos, pasaron muchos día alegres jugueteando entre las flores silvestres y comiéndose las frutas. En un día caluroso los monos se fueron a bañar a un arroyo fresco y de corriente rápida. Inquietos y curiosos como siempre, todos empezaron a investigar donde empezaba el riachuelo.

The monkeys swung from tree to tree, following the twists and turns of the stream. Finally, they discovered a giant waterfall hanging like a great white curtain from the sky. "The first one to jump through this waterfall and return safely," declared the monkeys, "will become our king." The stone monkey pushed his way through the crowd and shouted, "I will go!" He closed his eyes and leaped.

Los monos se colgaban de los árboles, siguiendo las torceduras y vueltas del arroyo. Finalmente, descubrieron una gigantesca catarata que parecía una gran cortina blanca cayéndose del cielo. "El primero que salte, atraviese esta catarata y regrese a salvo," dijeron los monos, "será nuestro rey." El mono de piedra se abrió campo, se apresuró dentro de la multitud y gritó: "¡Iré yo!" Luego cerró los ojos y saltó.

When he opened his eyes, he saw a splendid iron bridge stretching before him. Beside the bridge was an inscription that read: *Flower Fruit Mountain is Blessed, and Water Curtain Cave Leads to Heaven.* Walking boldly over the bridge, the stone monkey soon found a great cave. Inside, there were stone chairs and beds, and hundreds of stone bowls and pots. "What a perfect place to live!" he thought, and he raced back to fetch his friends. Eagerly, they followed him back through the waterfall.

Cuando abrió los ojos, vio un espléndido puente de hierro que se alargaba delante de él. A un lado del puente había una inscripción que decía: *La Montaña de la Flor con Fruto está Bendita y la Cueva de la Cascada de Agua Conduce al Cielo.* Caminando audazmente sobre el puente, el mono de piedra pronto encontró una cueva grande. Adentro de ella, habían sillas y camas de piedra, y centenares de ollas y tazones de piedra. "¡Qué lugar más perfecto para vivir!" pensó, y regresó a la carrera a buscar a sus amigos. Todos lo siguieron ansiosos a través de la catarata.

The stone monkey seated himself on the biggest chair. Raising a paw, he declared, "We agreed that whoever jumped through the falls shall be king. So now you must salute me!" "Hurrah! Long live the Handsome Monkey King!" cheered the rest of the monkeys. Life was now better than ever! During the day they played on Flower Fruit Mountain and during the night they slept in Water Curtain Cave. They no longer worried about harsh weather or fearsome beasts!

El mono de piedra se sentó en la silla más grande que encontró y alzando su mano para pedir silencio, declaró, "Nosotros estuvimos de acuerdo que el primero que atravezara las cataratas sería rey. ¡Así que ahora ustedes tienen que hacerme reverencia!" "¡Hurra! ¡Qué viva para siempre el Hermoso Rey Mono!" vitorearon el resto de los monos. ¡La vida era mejor que nunca! Durante el día, los monos jugaban en la Montaña de la Flor con Fruto, y durante la noche, dormían en la Cueva de la Cascada de Agua. ¡Ya nunca tuvieron que preocuparse del mal tiempo, ni de las feroces bestias salvajes!

For four hundred years they lived this carefree life, until one day, during a jolly banquet, a sad thought struck Monkey King and he suddenly burst into tears. "Why are you crying, your Majesty?" asked the bewildered monkeys. "Isn't our life wonderful?" "Life is wonderful," wailed Monkey King, "but one day I will die and this wonderful life will be all over!"

Y así vivieron sin preocupaciones durante cuatrocientos años. Pero un día, durante un jovial banquete, un pensamiento triste le vino al Rey Mono y de repente estalló en lágrimas. "¿Por qué llora, su Majestad?" le preguntaron los monos asombrados. "¿No es nuestra vida maravillosa?" "La vida es maravillosa," sollozó el Rey Mono, "pero un día moriré y esta preciosa vida ¡se desvanecerá!"

Upon hearing this, all the other monkeys burst into tears as well. Finally, a wise old gibbon came forward. "Never fear," he said, "I have heard that Buddhas, Immortals and Sages are not subject to Yama, the God of Death. Why not find these great beings and ask them for the secret to eternal life?"

Monkey King was overjoyed! The very next day he said good-bye to the other monkeys and set out on his journey in a tiny raft.

Al escuchar esto, los demás monos también reventaron en llanto. Justo entonces un pequeño y astuto anciano jorobado se adelantó y dijo: "Nunca temas. He escuchado que los Budas, los Inmortales y los Sabios, no están sujetos a Yama, el Dios de la Muerte. ¿Por qué no encontramos a estos grandiosos seres vivientes y les preguntamos por el secreto de la vida eterna?"

¡El Rey Mono se regocijó! Al día siguiente, se despidió de los otros monos y emprendió su viaje en una pequeña balsa.

He sailed in and out of sunny days and moonlit nights until he came to a small seaside village. Some fishermen were on the beach, salting their catch. Monkey King noticed with envy that they all wore clothes. He jumped up and down and made such awful faces that all the fishermen ran away in fright. In his haste, one fisherman ran right out of his clothes! This suited the cheeky monkey just fine. He dressed himself in the clothes and set off into the land of humans, proud as a peacock.

Navegó durante días soleados y noches iluminadas por la luna hasta que llegó a un pueblo pequeño situado a la orilla del mar. Allí habían algunos pescadores en la playa que le ponían sal a su pesca. El Rey Mono notó con envidia que todos usaban ropa. Pronto se puso a brincar de arriba para abajo e hizo tantos gestos horrorosos que los pescadores huyeron de él asustados. En la apresurada huída, a uno de los pescadores ¡se le cayó la ropa! Esto le convino muy bien al mono desvergonzado, quien se vistió con esa ropa y se dirigió a la tierra de los humanos, orgulloso como un pavorreal.

Monkey King traveled for many years, asking everyone he met if they knew the whereabouts of a Buddha, an Immortal, or even a Sage. But no one knew. Then one day, he happened upon a woodcutter at the edge of a forest. The woodcutter told him that, indeed, he knew of a magical Immortal named Master Subodhi who lived in a nearby cave with his many students.

El Rey Mono viajó por muchos años preguntádole a todo el mundo si conocían el paradero de Buda, de un Inmortal o de un Sabio. Pero nadie sabía nada. Entonces un día halló a un leñador en la orilla de un bosque. El leñador le dijo que él en verdad conocía a un Inmortal mágico llamado Maestro Subodi, quien vivía con muchos de sus estudiantes cerca de una cueva.

The Master, strange to say, seemed to be expecting Monkey King. And wasting no time, Monkey King asked him if he could become his student. Subodhi looked deeply into his face and replied, "I know you are sincere, and that you have traveled far to find me, but I see also that you are vain and naughty!" "Oh no, I'm not!" protested the Monkey King. "Please, give me a chance!" Subodhi finally relented, "Very well," he said, "you may be my student. While you study with me, you will be known as *Sun Wukong*."

El Maestro Subodi, aunque parezca extraño, parecía que esperaba al Rey Mono. Sin pérdida de tiempo, el Rey Mono le preguntó si podía ser su estudiante. Subodi miró su cara profundamente y contestó, "Sé que eres sincero, y que has viajado desde muy lejos para encontrarme, pero también veo que eres ¡vano y travieso!" "¡Oh no, no lo soy!" protestó el Rey Mono, "¡Por favor, deme una oportunidad!" Finalmente, Subodi cedió. "Muy bien," dijo, "puedes ser mi estudiante. Mientras estudies conmigo, tú serás conocido como *Sun Wukong*."*

Conocedor-de-Nada

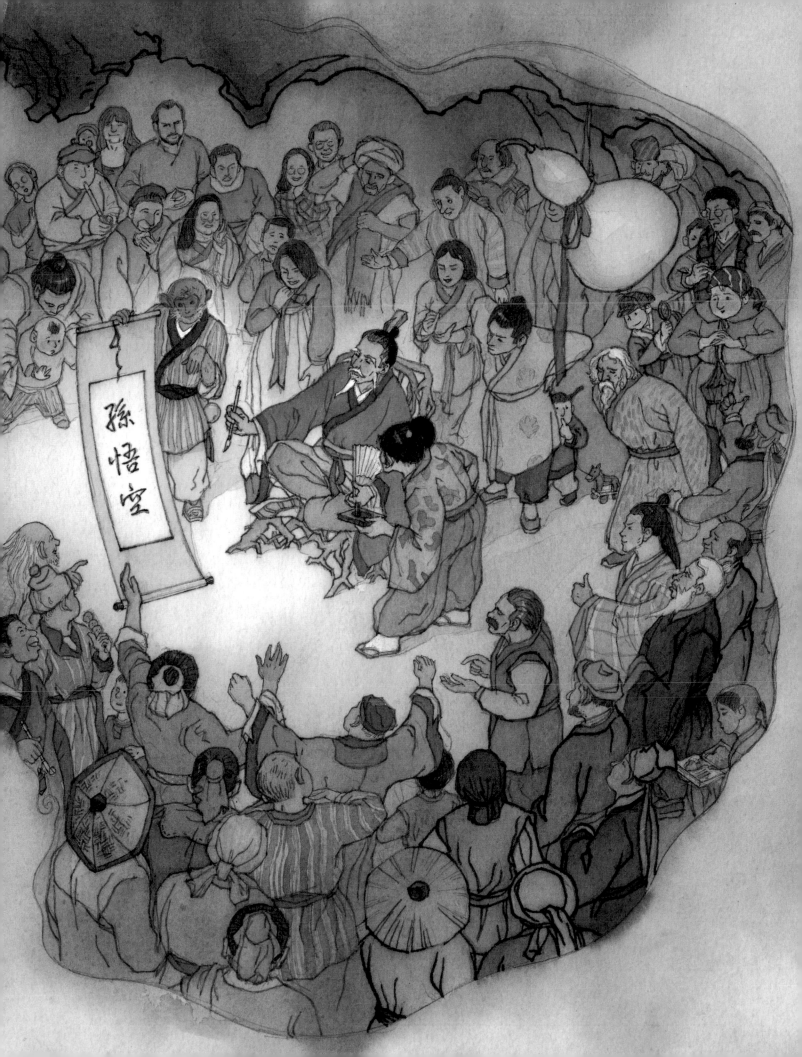

Monkey King lived humbly like the other students. He listened intently to Subodhi's teachings and learned the martial arts. Seven long years passed, but he was still no closer to learning the secret for eternal life. Monkey King could stand it no longer. In the middle of a class, he jumped up and cried, "This is just too boring! I have been here so long and all I have learned to do is clean, cook and wash." Master Subodhi was furious! He stepped off the podium and struck Monkey King three times with his ruler. "You don't want to learn this! You don't want to learn that!" he said, "What do you want to learn?" With that, Master Subodhi left the room, hands crossed behind his back.

El Rey Mono vivía humilde como los otros estudiantes. Escuchaba atentamente las enseñanzas de Subodi y aprendió las artes marciales. Pasaron siete largos años, pero aún no estaba cerca de aprender el secreto de la vida eterna. El Rey Mono no pudo aguantar más tiempo. En medio de una clase, dio un salto y dijo, "¡Esto es demasido aburrido! He estado aquí por mucho tiempo y lo único que he aprendido es limpiar, cocinar y lavar." ¡El Maestro Subodi se enfureció! Abandonó el podio y golpeó al Rey Mono tres veces con su regla. "¡No quieres aprender esto, no quieres aprender aquéllo!" dijo, "¿qué es lo que quieres aprender?" Y así, el Maestro Subodi dejó el salón con las manos cruzadas en la espalda.

At three o'clock the next morning, Monkey King entered Master Subodhi's cave through the back door and knelt beside his bed. Suddenly awakened, Subodhi cried, "What are you doing here?" Monkey King replied, "When you struck me on the head three times, that was a sign that I must visit you at three o'clock. And when you put your hands behind your back, that was a sign that I must come in through the back door." Monkey King understood the secret signs! Master Subodhi decided that he was indeed ready to learn the Immortal Secrets. He whispered the sacred verses into Monkey King's ear, then sent him back to his own cave to practice. Three years later, Subodhi also taught him the Seventy-Two Transformations. Now, he could change into almost anything!

A las tres de la mañana del día siguiente, el Rey Mono entró en la cueva del Maestro Subodi por la puerta de atrás y se hincó a un lado de su cama. De repente Subodi se despertó y gritó, "¿Qué está haciendo usted aquí?" El Rey Mono contestó, "Cuando usted me golpeó la cabeza tres veces, fue una señal de que debería visitarlo a las tres en punto. Y cuando puso sus manos detrás de su espalda, fue una señal de que debería entrar por la puerta de atrás." ¡El Rey Mono entendió los signos secretos! El Maestro Subodi se dio cuenta que el Rey Mono ya estaba listo para aprender los Secretos Inmortales. Le susurró los versos sagrados en el oído y luego lo envió de regreso a su propia cueva para que practicara. Tres años más tarde, Subodi le enseñó también las Setenta y Dos Transformaciones. ¡Ahora, podía transformarse en casi cualquier cosa!

One evening, when everyone was out admiring the new moon, Subodhi asked Monkey King how his studies were going. "Very well," he replied, "I've already mastered the art of cloud-soaring." Trying to impress his master, he flew into the clouds, traveled four miles and was back in a wink. "That was not cloud-soaring," laughed Subodhi, "that was only cloud crawling! Real cloud-soaring means you can fly a thousand miles with one jump!" "That's impossible!" cried Monkey King. "Nothing is impossible, only the mind makes it so," replied Subodhi. He leaned forward and whispered the spell for cloud-soaring. In no time, Monkey King mastered it.

Una noche, cuando todo el mundo estaba admirando la luna nueva, Subodi le preguntó al Rey Mono como iban sus estudios. "Muy bien," dijo, "He dominado el arte de volar con las nubes." Tratando de impresionar a su maestro, voló entre las nubes, viajó cuatro millas y regresó en un pestañear de ojo. "Eso no fue volar con las nubes," declaró Subodi riéndose, "¡eso fue nada más que deslizarse entre las nubes! Volar con las nubes quiere decir, en realidad, que puedes volar mil millas con un solo salto!" "¡Eso es imposible!" dijo el Rey Mono. "Nada es imposible, eso es solo lo que la mente piensa," replicó Subodi. Se acercó al mono y le susurró las palabras para volar con las nubes. Sin perder tiempo, el Rey Mono lo aprendió.

Although Subodhi was pleased with Monkey King, he often saw flashes of cockiness. Subodhi warned him: "Never show off your powers, or they will get you in trouble." Monkey King promised he would not. But one day, while playing about with some students, Monkey King transformed himself into a pine tree, flaunting his powers. The ruckus brought Subodhi running from his cave. One look at the pine tree and he realized what had happened. "You broke your promise," Subodhi cried angrily. "Leave my cave!"

Aunque Subodi estaba complacido con el Rey Mono, siempre vio muestras de algo engreído en él. Subodi le advirtió: "Nunca demuestres tus poderes porque te causarán problemas." El Rey Mono prometió que no lo haría. Pero un día, mientras jugaba con algunos estudiantes, el Rey Mono se transformó en un árbol de pino, ostentando de sus poderes. El alboroto causó que Subodi saliera corriendo de su cueva. Miró el pino y se dio cuenta de lo que sucedía. "Rompiste tu promesa," dijo Subodi enojado. "¡Deja mi cueva!"

Monkey King pleaded for another chance, but Subodhi would not be persuaded. "When you show off, people will ask you for the secret. Bad people will use it to harm others. And if you refuse to share your secrets, you could be harmed yourself. You have been here twenty years, and that is enough. Go back to your kingdom and use your powers to do good deeds."

El Rey Mono le pidió otra oportunidad, pero Subodi no se dejó persuadir. "Cuando muestras tus poderes, la gente te preguntará por el secreto. La gente mala lo usará para hacer daño a otros, y si te niegas a compartir tus secretos con ellos, puedes salir lastimado. Has estado aquí por veinte años y eso es suficiente. Regresa a tu reino y usa tus poderes con buenos propósitos."

Although sad, Sun Wukong thanked his master for everything, recited the cloud-soaring spell, and flew off. In a twinkling, he was back at his beloved Flower Fruit Mountain. How strange that no one was there to greet him. He went to Water Curtain Cave and found everything lying in a broken heap. In a corner lay an old monkey who sobbed, "While you were away, Demon of Chaos came and took everyone away. I was so sick, they left me behind." Monkey King was furious, and he flew off to the Demon's cave.

El Rey Mono, aunque estaba triste, le agradeció al maestro todo lo que hizo por él. Luego pronunció las palabras mágicas para volar entre las nubes y se elevó. En un momento, estaba de regreso en su amada Montaña de la Flor con Fruto. Qué extraño que no hubiera nadie ahí para saludarlo. Fue a la Cueva de la Cascada de Agua y encontró todo esparcido en un montón de cosas quebradas. En una esquina yacía un mono anciano que sollozaba, "Mientras estabas ausente, el Demonio del Caos vino y se llevó a todos. Estaba tan enfermo, que me dejaron aquí." El Rey Mono se enfureció, y se dirigió velozmente a la cueva del Demonio.

"Come on out, Demon of Chaos!" Monkey King shouted. Hearing the challenge, the Demon quickly charged out of his cave, but seeing only a small monkey in front of him, he burst out laughing. How could one monkey fight a fearsome demon and his villainous crew? But in less than a blink of an eye, Monkey King flashed through the air, landing a stinging punch on the Demon's nose!

"Salga de ahí, Demonio del Caos," gritó el Rey Mono. Cuando escuchó el reto, el Demonio salió de su cueva, y viendo solamente a un pequeño mono en frente de él, comenzó a reirse. ¿Cómo puede un mono pelearse contra un temible demonio y su banda de villanos? Pero en un abrir y cerrar de ojo, el Rey Mono se disparó en el aire y ¡aterrizó una gran bofetada en la nariz del Demonio!

Now in a rage, the Demon swung his sword at Monkey King who easily dodged it by flying into a tree. Again the Demon swung and missed, but this time his sword dug deep into the tree trunk. Try as he might, he could not budge it! Monkey King plucked a bit of his fur, recited a spell, and the hairs changed into an army of small monkeys. Swarming over the Demon, they held him down and tied him up with magic ropes. With a great push, they sent him rolling down the mountainside. After chasing off the other villains, Monkey King recited the spell again, and the little monkeys changed back into hairs. He hurried to the Demon's cave and released all his friends.

Lleno de furia, el Demonio lanzó su espada al Rey Mono quien la esquivó fácilmente volando hacia a un árbol. De nuevo, el demonio lanzó y no atinó, pero ahora su espada penetró profundamente en el tronco de un árbol. A pesar de todo su poder, el Demonio no la pudo mover. El Rey Mono se arrancó un poco de cuero peludo, proclamó las palabras mágicas y sus pelos se convirtieron en una armada de monos pequeños. Éstos se precipitaron sobre el demonio, lo pusieron abajo y lo amarraron con las cuerdas mágicas. Luego, lo empujaron con fuerza y lo hicieron rodar por una ladera de la montaña. Después de perseguir a los otros villanos, el Rey Mono repitió las palabras mágicas de nuevo, y los monitos volvieron a convertirse en pelos. Luego se apresuró hacia la cueva del Demonio y liberó a sus amigos.

"Hurrah to our amazing Monkey King!" they cheered. Monkey King summoned the clouds, and carried his friends back to Water Curtain Cave. They celebrated their freedom and the return of their king with feasting and dancing for three days and three nights.

"¡Hurra! ¡Viva nuestro grandioso Rey Mono!" festejaron los monos. El Rey Mono convocó a las nubes y se llevó a sus amigos de regreso a la Cueva de la Cascada de Agua. Todos celebraron su libertad y el regreso de su rey con fiestas y danzas durante tres día y tres noches.

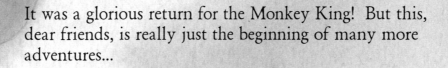

It was a glorious return for the Monkey King! But this, dear friends, is really just the beginning of many more adventures...

¡Fue un regreso glorioso para el Rey Mono! Pero esto, queridos amigos, es solamente el comienzo de muchas aventuras más…

The Monkey King

In the seventh century, during the Tang dynasty, a Chinese Buddhist priest named Xuan Zang (c. 596-664) embarked on a dangerous pilgrimage to India to bring Buddhist scriptures back to China. The entire journey lasted twenty years. The priest returned to China in 645 bearing some six hundred texts and devoted the rest of his life to translating these into Chinese. In addition, he dictated a travelogue to a disciple and called it *The Tang Record of the Western Territories*. In it, he recounted details from his journey, the people he had met, and the harsh geography he survived (he scaled three of Asia's highest mountain ranges and nearly died of thirst on the desert plains).

Xuan Zang became a favorite of the Tang Emperor and a famous religious folk hero. For the next one thousand years the story of his pilgrimage inspired the literary imagination of storytellers and writers who embellished the journey with unbelievable episodes and fantastic characters drawn from popular folklore. In the thirteenth century, a supernatural monkey and pig became the priest's travel companions. Some scholars believe that the monkey may have been derived from Hanumat, the Monkey King from the Hindu tale, *Ramayana*. In the fourteenth century, a stage play in twenty-four scenes was composed. This drama is important because it contains all the main themes that would later appear in the sixteenth century Ming dynasty epic narrative *Journey to the West*.

Although written anonymously, there is much evidence showing that *Journey to the West* was most likely written around 1575 by a court official, poet and humor writer named Wu Cheng'en (c. 1500-82). The work is a massive, hundred-chapter masterpiece, and is more elaborate than any of the journey tales that came before it. It is not a novel in the conventional sense, but rather a complex narrative of episodic stories held together by the journey, its unifying motif. Wu Cheng'en did not merely weave the myriad tales together, he created a sophisticated allegory rich with humor, action, philosophy and satire. The mythical Monkey King who wreaks havoc in heaven, hell and everything in between, occupies the entire first part of Wu's epic. These first seven chapters are devoted to the beginnings of the Monkey King before his journey west: his birth and rise to kingship, his acquisition of magic under Master Subodhi, his gaining of immortality and disturbance of Heaven, and finally, his imprisonment under a mountain—the punishment set by the Buddha for his insolence. Throughout the remainder of the legend he consistently upstages the priest with his robust character and colorful antics.